디카시의 매혹

78개의 렌즈로 읽는 새로운 시의 선언문

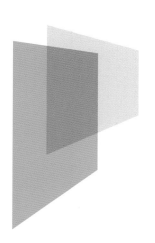

디카시연구소 엮음
김종회 · 이상옥 책임편집

서정시학 이미지 시집 012

서정시학

디카시의 매혹

78개의 렌즈로 읽는 새로운 시의 선언문

김종회 : 경남 고성 출생. 경희대학교 대학원 문학박사. 경희대학교 국어국문학과 교수. 1988년 『문학사상』으로 문학평론가 등단. 현재 한국문학평론가협회, 한국비평문학회, 『토지』학회 회장. 한국아동문학연구센터 소장. 황순원문학촌 소나기마을 촌장. 디카시연구소 상임고문. 김환태평론문학상, 김달진문학상, 편운문학상, 유심작품상, 시와시학상 등 수상. 저서 『한민족 디아스포라 문학』 외, 평론집 『문학의 거울과 저울』 외, 산문집 『글에서 삶을 배우다』 외 다수. 편저 『해외동포문학전집』(전 24권) 외 다수.

이상옥 : 경남 고성 출생. 홍익대학교 대학원 문학박사. 창신대학교 문예창작과 교수를 거쳐 중국 정주경공업대학교 한국어학과 교수. 1989년 『시문학』으로 시인 등단. 현재 계간 『디카詩』 발행인 겸 편집인. 디카시연구소 소장. 심산문학진흥재단 이사. 시문학상, 유심작품상, 경남문학상, 경남문학 우수작품집상 등 수상. 저서 『시적 담화체계 연구』 외, 평론집 『현대시와 투명한 언어』 외, 시집 『그리운 외뿔』 외 다수. 디카시집 『고성 가도(固城 街道)』. 디카시론집 『디카시 창작 입문』 외.

서정시학 이미지 시집 012
디카시의 매혹—78개의 렌즈로 읽는 새로운 시의 선언문

2017년 6월 10일 초판 1쇄 발행

엮 은 이 · 디카시연구소
책임편집 · 김종회 · 이상옥
펴 낸 이 · 최단아
펴 낸 곳 · 서정시학
인 쇄 소 · 민언프린텍
주소 · 서울시 성북구 성북로 4길 52 106동 1505호
전화 · 02-928-7016 | 팩스 · 02-922-7017
출판등록 · 209-91-66271 | 이 메 일 · poemq@dreamwiz.com
ISBN 979-11-86667-85-9   03810

계좌번호: 국민 070101-04-072847   최단아(서정시학)

값 14,000원

* 잘못된 책은 바꾸어 드립니다.

이 도서의 국립중앙도서관 출판예정도서목록(CIP)은 서지정보유통지원시스템 홈페이지(http://seoji.nl.go.kr)와 국가자료공동목록시스템(http://www.nl.go.kr/kolisnet)에서 이용하실 수 있습니다.(CIP제어번호: CIP2017011467)

영상과 문자가 빚은 새로운 시의 축제
─디카시, 고성에서 한국으로 또 세계로

디카시는 2004년부터 경남 고성을 중심으로 일어난 디지털 시대의 새로운 문예운동이다. 한반도 남쪽의 소읍 고성에서 발원한 디카시가, 문자문화·활자매체에서 영상문화·전자매체로 문화와 문학의 중심축이 이동하는 시대에 새로운 창작의 아이콘이 되어 시인과 독자들의 사랑을 받고 있는 것은 놀랄 만한 일이다.

지난해 국립국어원의 '우리말샘'에 디카시는 "디지털 카메라로 자연이나 사물에서 시적 형상을 포착하여 찍은 영상과 함께 문자로 표현한 시. 실시간으로 소통하는 디지털 시대의 새로운 문학 장르로, 언어 예술이라는 기존 시의 범주를 확장하여 영상과 문자를 하나의 텍스트로 결합한 멀티 언어 예술이다"라는 의미 규정과 함께 동시대의 새로운 문학 형식으로 등재되기도 했다.

디카시가 하나의 에콜을 형성하며 문예운동으로 확산된

것은 우리 시 문학사를 통시적으로 살펴볼 때 1930년대 김광균을 중심으로 한 '모더니즘 시운동'에 버금가는 중요성을 지닌다고 하겠다.

디지털 멀티미디어 환경의 도래는 정치, 경제, 사회, 문화, 예술 전반에 걸쳐 새로운 패러다임을 요구하게 되었다. 시라고 예외일 수 없다. 시 또한 소통을 전제로 한 담화의 일종이며, 미디어 환경의 변화에 따라 진화를 거듭해 온 것은 주지하는 바이다. 음성언어 중심의 시대에는 시가 가창되는 노래의 유형을 취했고, 문자언어 중심의 시대에는 자유시나 산문시처럼 인쇄매체를 통해 읽히는 방식이었다.

영상을 매개로 읽고 사유하는 시대정신이 일반화하면서, 근자에는 종이책을 뒤로한 채 손안의 모바일 컴퓨터 곧 스마트 폰을 활용한 SNS 소통이 대세가 되고 있다. 페이스북이나 카톡, 트위터는 시공을 초월하는 디지털 미디어의 소통 혁명을 촉발하고, 문자언어를 넘어 영상과 문자의 멀티언어로 멀티플 쌍방향 소통이 실시간으로 이루어지는 것이다.

지금 이 시간에도 사람들은 스마트폰 SNS로 끊임없이 정보를 주고받는다. 전자매체를 도구로 하는 이러한 정보 교환은 문자 미디어 시대의 그것과는 사뭇 다르다. 영상 글쓰기가 이미 일상화되고 있는 셈이다.

디카시는 이와 같은 영상 글쓰기에 예술성을 부여한, 뉴 미디어 시대에 있어서 새로운 시의 진화이다. 그간의 시는 문자의 한계를 넘어서지 못했고 시가 언어예술이라는 말은 어쩌면 신성불가침과도 같은 것이었다.

그럼에도 불구하고 근래에 언어예술이면서도 문자언어를 넘어서고자 하는 시적 시도가 계속되어 왔다. 시가 문자만으로는 그 의도를 다 드러내지 못한다는 한계성을 절감했기 때문이다. 따라서 언어 전달의 기호적 특성인 추상성에 만족하지 못하고 시에 형태성을 부여하는 노력을 지속해온 것이다.

특히 1980년대 한국에서 시도된 형태시에서 그런 모습을 볼 수 있는데, 이러한 시도 또한 시가 언어예술의 한계성을 넘어서고자 한 것과 같은 맥락이다. 더구나 멀티미디어 시대가 되면서 문자언어만으로는 호소력이 약하다는 인식 때문에 기존의 시에 사진을 엮어서 표현하는 포토포엠이라는 것이 나타났다. 이는 기성시인이 쓴 시에 그와 어울리는 사진을 병치하여 시 감상에 도움을 주려는 것인데, 이 역시 매체변화에 따른 새로운 현상이다.

디카시는 디지털 시대의 새로운 시 장르라는 데서 형태시나 포토포엠과 확연히 구분된다. 형태시가 문자에 사진을 도입하는 것이나 포토포엠이 시에 사진을 덧붙이는 것과는 전혀 다르다. 그런데 아직도 많은 사람들이 디카시를 이들과 유사한 것으로 오해하는 경우가 있다.

디카시는 기존 시의 언어를 영상과 문자의 멀티언어로 지평을 넓힌 멀티언어 예술이다. 형태시처럼 문자에 사진을 보조적으로 도입하는 것도 아니고, 포토포엠처럼 완성된 시에 사진을 덧붙이는 방식도 아니다. 디카시는 시인이 직접 자연이나 사물에서 감흥한 시적 형상을 찍고 쓰는 새로운 방식의 시이다.

이 용어가 디지털 카메라의 준말인 '디카'와 '시'의 합성어라는 점을 주목해야 한다. 영상과 문자가 한 몸이 되어 시가 된다는 말이다. 디카시에서 영상과 문자는 분리되어 존재할 수 없다. 영상만으로, 문자만으로는 각각 독립성을 지니지 못한다.

영상과 분리된 문자는 그 자체로는 시적 완결성을 지니지 못하는 까닭으로 그 문자를 시라고 명명할 수 없다. 포토포엠의 경우 사진과 시는 각각 독립성을 지니는 것이고 일시적으로 결합되었다가 또 분리가 가능하지만, 디카시는 영상과 문자가 하나의 텍스트로 완결성을 지닌다는 뜻이다.

이렇게 이론적으로 백 번 설명하는 것보다는 정체성을 잘 드러내는 디카시 작품 한 편을 제시하는 것이 더 효과적일지도 모른다. 이미 유수의 시인들과 디카시 마니아들, 디카시 카페나 블로그, SNS 등을 통해 디카시 작품이 지속적으로 창작되고 있다.

또한 디카시 전문지가 2006년 무크지로 창간되었고, 반년간지를 거쳐 지난해부터 계간 『디카詩』로 전환되었으며 올해 봄호가 통권 21호로 발간되었다. 이 외에 계간 『시와 경계』 같은 문예지에서도 디카시를 게재하고 있고, 인터넷 신문 등에서도 디카시가 매주 연재되고 있다.

오늘날 제2의 쿠텐베르크 혁명으로 일컬어지는 디지털 혁명으로 세상이 변하고 시대정신 또한 현저히 바뀌었다. 이런 가운데 편자들은 고성을 발원지로 하는 디카시를 새로운 시대의 시 아이콘으로 키워 나가기 위해 노력해 왔다. 앞으로 한국을 넘어 세계문학의 큰 마당으로 이를 인도하는 것이 우리의 간곡하고 강렬한 꿈이다. 그것은 발원지인 고성의 꿈이요 한국의 고유한 문예장르를 세계문학의 한가운데로 이끌어 가려는 소망이다.

차제에 디카시가 디지털 미디어 시대에 걸맞는 짧고 감동적인 새로운 장르로 자리 잡을 수 있도록, 그리고 그 수범사례를 확연하게 보여줄 수 있도록, 지금까지의 디카시 중에서 모범이 될 만한 작품을 선정하여 디카시 사화집을 엮을 필요성을 느끼게 된 것이다.

이제껏 디카시의 가능성을 믿고 좋은 작품을 창작해 준 유수한 시인들의 작품과 디카시의 최 일선에서 창작으로 또 그 장르의 창달과 진작을 위해 헌신하고 있는 시인들

의 작품 중에서 엄선하여 이 책을 묶는다. 이 사화집이
디카시의 정체성을 더욱 확장하는 것은 물론이고 독자들
에게도 더 널리 알려지는 계기가 되기를 바란다.

　편자들은 고성 동향 출신으로서 도원의 결의와 같은 형
제의 우의로 디카시를 함께 이끌어 왔고 앞으로도 그러할
것이다. 이 새로운 문학 장르 개척의 에포크가 될 시집을
상재하면서, 소중한 작품을 보내주신 시인 여러분, 값있고
뜻 깊은 책으로 출간해준 서정시학과 미래의 독자들에게
두루 고마운 마음을 전한다.

　아울러 디카시 발전을 위해 늘 앞장서서 헌신하시는 계
간『디카시』주간 최광임 시인을 비롯하여 시집의 얼개를
잡아주신 『디카시』 편집장 천융희 시인, 교정과 실무를
맡아 수고하신 디카시연구소 기획위원 이기영 시인, 디카
시연구소 운영을 위해 늘 애쓰시는 운영위원장 정이향 시
인, 간사 황보정순 소설가, 그리고 디카시 카페 운영을 담
당하여 회원과 동호인들의 소통을 확장해주신 김인애 시
인 등 함께하신 분들께도 각별한 감사의 말씀을 드린다.

2017. 5
엮은이 김종회 · 이상옥

차 례

제2부 사랑 그리고 그리움

제3부 삶과 가족의 따뜻함

제4부 꿈에서 현실로의 길

제 1 부   위무와 격려의 서정

영산홍 꽃무더기

누가 나를, 내 속창아리를
여기 이렇게, 뻘겋게, 시뻘겋게
마구 토해 놓았나,
함부로 뒤집어 엎어버린 채!

– 이은봉

물의 알

소나기 한소끔 지나간 자리
다시 보니 토란잎 위에 알을 낳아 놓으셨네

하늘 다시 뽀얘졌는데
흙도 다시 말랑해졌는데

— 정한용

들꽃

뉘 꽃을 나약하다 하였나
꺾어보아라, 하나를 꺾으면 셋
셋을 꺾으면 들판이 일어나니
코끝을 간질이는 향기는 없어도
가슴을 파헤치는 광기는 있다

- 구광렬

21

리본

여길 보아라,
동부콩 꼬투리가
여름내 땀흘려 만든
세월호 리본!

- 송찬호

단심丹心

맑다고 느낄 정도로 붉게 타오르는 숯불
저 붉은 사랑의 마음은 얼마나 오래 갈까
그 누구에게 기억되지 않아도 좋을 단심丹心
이후는 생각지 말자고 지금만 지금뿐

― 조현석

해바라기가 있는 풍경

우쭐거리던 낯이 뜨거워 그렇기도 하겠지만
제 그림자 굽어보려 숙이기도 하지
발등 옆 키 작은 풀꽃들
쓸어안으며 반지레 익히며

만해萬海란 아마 그런 뜻

– 김유석

사랑

꽃이 웃는다
나도 웃는다
수목장 나무 아래
당신도 봄날 환한 햇살로
웃고 있다

- 최춘희

빛

또 다른 세상을 여행 중이라고 써둘게
땅과 바다와 하늘을 잇는
마음의 경계까지도 허무는
하여, 하나가 되게 하는 힘
그게 너,

어디서 왔니?

　　　　　　　　　　　　　　　　　　– 이태관

청춘

이토록 푸르른 마음을 다잡아야 하는가
초록으로 초록을 초월한 기다림일지니
다가올 불볕의 근심은 모두 잊으라
오직 푸르른 마음속에서 오래 남아라

- 김종태

어둠의 사생활

어둠꽃이 피었다

저 찬란한
꽃 시절이 없다면

어둠은 얼마나 억울한 짐승인가

- 조은길

걱정 마

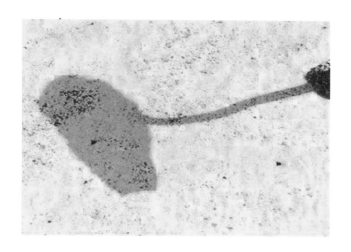

걱정 마,

걱정 말고 힘내

네가 그늘을 가지고 있다는 것은

네가 지금 밝은 곳에 있다는 증거이니까

- 박성우

목련

꽃샘추위에 목련 떨고 있다

미처 피어보지 못한 생이

낙화하는 순간

지구에 미진이 인다

어지럽다

– 김시탁

시인

희디흰 깃털 사이로
시간의 빅뱅이 일어나기 전
고요한 직립이다

거대한 분화를 기다리며

- 박우담

홍일점

세상의 가장 낮은 자리에서
바람이 불면 흔들리고
비가 오면 온몸이 젖고

어느 날 그대 앞에 서리라
내 뜨거운 심장으로

– 곽경효

세월호

−검은 리본

시린 허공에 온몸으로 흘려 쓴 근조체謹弔體

기다림에 지쳐 검게 타 버린 심장 한 덩이
여직 있다

− 천융희

노을 형무소

노을을 훔친 내 눈이 수의囚衣를 입는다
먼 마을에서 흔들리는 불빛은
눈동자에 수인번호를 새긴다
수런거리는 것들은 전부 노을 너머에 있고
혼자된 사람은 누구나 죄인이다

– 이병철

어떤 풍장

창공 속 훨훨 날던 꿈의 날개
전봇대 부딪혀 곤두박질 친
아무도 조문하지 않는 주검
창공을 품었던 가슴과 눈동자 허옇게 내놓고
바람이 되어가는

- 김인애

제2부 사랑과 그리고 그리움

율포 편지

파도야, 참 오랜만이다
햇살과 입 맞추는 네 잔잔한 입술과
먼 양털 구름과 속삭이는 네 귓바퀴와
사랑스러운 네 발바닥도
참 오래간만에 만져보자꾸나

- 김수복

평사리 부부송

아주 가까이 바라만 볼 뿐
일백 년을 살아도
털끝 하나 건드리지 않았다

땅 속 깊이 깍지 낀 뿌리들
그 속마음이야 알아보든 말든

- 이원규

빨간 내복

강화오일장 꽃팬티 옆에 빨간 내복 판다
빨간 내복 사고 싶어도 엄마가 없다
엄마를 닮은 늙어가는 누나도 없다

– 공광규

안부

아가, 밥은 제때 먹고 다니니? 잠자린 또 어떻고?

이 어민 국수 한 그릇 정화수처럼 앞에 두고

너희 안부를 물으며 주책없이 목이 메는구나

　　　　　　　　　　　　　　　　　　 - 임동확

그새 보고 싶은 당신

내가 당신을 그리워하는 것은
당신의 부재가
폭풍처럼 고요하기 때문입니다

- 오민석

풍선

20년 전, 남편을 먼저 보내고
4년 전, 뇌출혈로 쓰러진 어머니
3년 전, 아들이 앞서간 줄도 모른 채
하늘로 올라가다, 전깃줄에 걸려
오도 가도 못하는 치매

- 김정수

여유

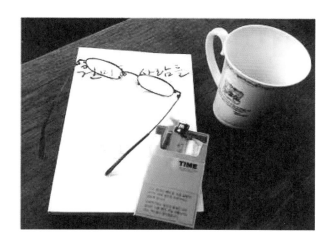

비와 담배와

커피와 양귀자…

그리고

그대라는 이름이

내 안에 스며드는

여름 한낮

- 변종태

꽃잎 편지

네가 써 놓고 간 꽃무늬 글자들
물살 흔들릴 때마다
불멸의 문장처럼 반짝거린다

글자 하나하나가
네 낯처럼 눈부시다

- 박완호

고향집

엄마가 지키고 있는 고향집에선
동네 마실가듯, 사뿐사뿐 걸어서
달까지 놀러 갔다 오곤 했었다
엄마가 없는 집은 겨울 들판 같다
달도 추워서 놀러 나오지 않는다.

- 최서림

공룡 발자국 화석

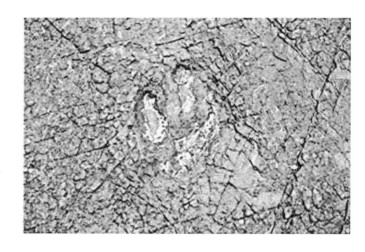

멀리서 온 기억에 발을 넣고
먼 곳의 기억에게로 걸어가 본다
먼 곳의 파도 소리, 먼 곳의
바람 소리, 쿵쿵쿵 발소리 내며
떠나가 버린 먼 곳의 사람에게로

— 박서영

환생

검어지는 하늘 건너
내게로 오는 당신
당신의 따뜻한 배에 귀를 대면
산다는 건 살아지는 거
문득 환해지는 순간 같은 거

- 이서린

웅크린 봄

고양이 등에도 봄이 왔다
살금살금

너는 언제 올래?

- 제민숙

성냥

너도 나처럼 엄마 몰래 부엌에서 성냥개비 훔쳐 나왔구나

확, 그어 당기면 치이익—

이 봄 내내 가지마다 성냥불 붙는, 아슬아슬 성냥불 옮
기는

모아보면 나무마다 750개비

아리랑 통 성냥, 비사표 덕용성냥 한 곽

— 고영민

꽃그늘

돌부리에 채인 것도 아닌데 어질!

넘어질 뻔했다

바로 그때!

기우뚱

꽃들이 나를 갈아엎으려고 덤볐다

- 장인수

만취

내가 어디에 있는지 물어보려고
네게 전화를 걸면
귀뚜라미같이 맑은 네 목소리
다른 행성에서 들려온다
"너 거기 어디야"

- 김개미

공범

주인 없는 꽃밭에 들어가
봄을 훔치는 아들을 보았습니다

얼른
모르는 척 했습니다

- 조용숙

바닥

바닥이 가장 넉넉하지

다 덮는 거야

봐, 얼마나 아름답니

그러려면 네가 무공해로 손을 좀 흔들어 주면 좋겠지

다시 깨끗한 새싹이 돋을 수 있게

– 이일림

뱀딸기

너에게 건넸던 그 붉은 말들이

가시 사이에

거짓말처럼 박혀 있다

– 이진욱

찰나

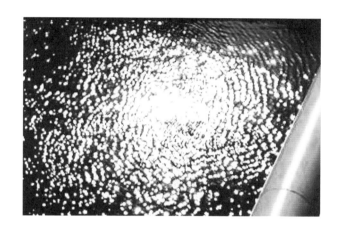

바람에 잠시 마음이 흔들리자
햇살은 순간을 놓치지 않았다

물이 지문을 채취 당한 건
눈 깜짝할 사이였다

- 임창연

등뼈

물 빠진 바다에 와서야 바닥도
등뼈를 가졌다는 걸 알았다

저 등으로 져 나른 물길이 어디 한 두해였을까

들고 나는 모든 목숨 저 등 밟고 왔겠지

– 이기영

제 3 부 삶과 가족의 따뜻함

고성 앞바다

여기 사람들 마음에서 사라진

평온함이 모여 살고 있구나

- 조정권

생구生狗

개 두 마리
집을 지키는 게 아니라
그냥 잘 논다

우주율이다

– 박노정

애호박

풀숲의 뜨거운 눈시울
풀벌레도 숨어들어 삶을 이루는 곳
맑은 햇살이 종일 머물다
달덩이 하나 키운다

- 양문규

평화의 소녀상

어미가 되지 못한 소녀는 죽어서 그림자가 되었다
살아온 날들을 비우고 또 비웠는데도
퉁퉁 부은 몸뻬바지 꽃무늬로 되살아난 발자국
황사 때문인가, 대낮인데도 하늘이 누렇다
화사한 목걸이가 소녀의 목을 죄어오는 봄날

– 박종현

백수

고삐처럼 넥타이로 목을 묶고서
소처럼 일하러 가야 될 곳이 없다

- 김왕노

별이 빛나는 시간

살아오면서
별의 별 일들이 많았지
하늘에서 무수히 별이 쏟아지던 날도 있었어

살아온 길 다듬다보니
기억의 서랍에서도 별이 솟아 오르네

- 강미옥

낙심

더 이상 갈 수 없는 길 끝에서
생각이 깊어진다
무슨 말로 나를 변명해야 하나

- 김일태

밥이 기다려요

알록달록한 가방들이
인근에서 풀 뽑는 주인들을 기다린다
그림자가 반 토막 되도록 주인들은 오지 않고
바람이 맡고 가는 도시락 내음
밥이 기다려주는 노동은 신성하다

— 문성해

별꽃

몸에 담긴 촉수를 더듬으며
뜨거운 맨발로 젓는 군무

오아시스에 피어나는 별꽃들

– 백순금

지문

파도의 이랑을 쓰다듬다가

더러는

바다의 늑골까지도 퍼 담던 젊은 손이었을

저 빛나는 생의 기억

- 최영욱

푸른 경전

백로들이 빈 논을 읽는 중이다
다 읽으려면 한 계절 족히 걸리겠다

- 최광임

해우소

뱃속이든 마음이든
비울 건 비우고 가야 속이 편하지!

– 박후기

도시의 허파

저 육중한 허파들
이곳에서 숨을 쉰다
빛이 닿지 않는 캄캄한 심해를
구불구불 헤엄치는 고래 떼
도시 귀퉁이에 허파를 달고

— 마경덕

피다

일하다 손가락이
잘려 나갔다고
꿈이 사라지는 것 아니듯
나를 자른다고
봄꽃 못 피우겠는가!

– 이시향

생도生道

사람은

정맥과 동맥이 막힘없이 돌아야 하고

나라는

상행선과 하행선이 거침없이 흘러야 하고

- 나석중

가족

지난 비에 불어난 강물이
산모처럼 몸을 풀었다

업혀 잠든 모습이
꼭 아비와 닮아있다

- 박준

다문화

생김새도 다르고 좋아하는 것도 다르지만
우리는 오래전부터 잘 알고 있었지요
어울려 사는 법을요
사랑하며 사는 법을요

- 김영주

생식

아직도

바삭하나마 이파리가 있지만

나의 뿌리는

봄을 향해 걸어가고 있는 중

– 정이향

나무

가지를 뻗은 자작나무
뙤약볕에 이파리를 힘껏 펼쳐
무청 같은 응달을 만든다
저걱대는 돌풍이 몇 번, 겨울은 하얀 묵재

빈 몸으로 서 있는 아버지!

- 서동균

바람의 집

밤새 바람이 일고
수많은 생각들이 쌓인다

눈을 떠보면
지붕도 기둥도 없는
모래 위의 집 한 채

- 조영래

세월

신록은 또 배반처럼 나를 덮어오겠지요
생은 가슴을 치며 울어야 할 때도 효시하듯
나를 허공에 걸어두고
싹을 틔웁니다

- 정다인

제4부 꿈에서 현실로의 길

정적

돌멩이 몇 개로 지평을 그었다
위로는 창공을 뚫어 하늘의 끝까지
아래로는 호수를 뚫어 땅의 끝까지
헤아릴 수 없는 무한의 길이
주변의 메타세쿼이아도 닮아간다

– 김규화

피라밋의 꿈

우리의 내면에는
저마다 하나씩의 층계가 있다.
어떤 이는 내려가 어둠에 묻히고
어떤 이는 올라가
스스로 무한을 이룬다.

- 손종호

코스모스

푸르른 하늘을 이고
혹, 누구를 기다리느냐!

아니요 아니요 아니요

- 최종천

담쟁이

벽을 잡아당겨 평지를 세웠다
담쟁이가 오른 평지의 끝, 벽이 있다는 것을
담쟁이는 안다 내일 평지로 세워둘 담쟁이 몸속에
가장 높은 벽이 있다는 것을 안다
벽을 넘어 평지로 사는 담쟁이

- 최창균

폭우

지난밤 혁명이 일어났던 게야
북경 하늘에 이데올로기 한 점 없다

- 이상옥

백석을 베끼다

푸른 버스를 타고 오늘은 백석역에 내렸네
쓸쓸히 혼자 소주를 마시며 백석을 베끼네
내가 시집나무 숲으로 자꾸만 숨어드는 것도
세상한테 지는 것이 아니다
세상 같은 건 더러워 버리는 것이라고!

— 김상미

소년 A

나는 태양을 찢어
불타는 두 날개를 펼치고
영혼의 긴 복도를
의심 없이 걸어가리라
소년이 시작된다

- 서안나

난간

한 발 앞에 봄이 있다

그러나 넘지 않으면

봄은 오지 않는다

- 황정산

쉼

쉬- 더 오래 쉬- 쉬-
감탄하며 쉬- 쉬- 하고 싶은
쉬 원한 세상
쉼 원한 세상
저 멀리 있을까

                                    - 이재훈

풍경 소리

바람이 발을 뻗어 슬쩍 건드리자

열린 하늘 사이로 내려와

마음속에 길을 낸다

- 옥영숙

적벽

벽을 보여주세요
절벽을 세워 날 좀 막아주세요
달리다 다쳐 주저앉아버리자
보이는 물과 벽, 나의 몸속에서
날 에워싸고 잡아준 붉은 벽 한 질

－ 김이듬

꿈

나무도 가슴속에는 산을 품고 있다

- 이종수

하동읍

주소를 붙잡고
떠날 줄 모르는
하급공무원 같은
저 언덕배기들

- 김남호

나무의 입

하고 싶은 말이 너무 많아서
백 년을 산 나무는
가슴에 동그란 입을 갖다 달았다
온 동네 사람들은
이 나무 말을 귀담아 듣는다

- 조민

그리고 창은 망설이지 않고 어두워졌다

독사에게 물린 집을 보았다, 벼락에 물린 집을 보았다
벼락이 집의 목덜미를 힘껏 움켜쥐고 있다
꿈틀꿈틀 기어가 방 안을 들여다보는 벼락
집 한 채 먹어치우는 저 차분한 독사들
주인은 미처 이름도 챙기지 못하고 떠났다

- 박지웅

이상한 나라의 앨리스

그곳을 통과하면 잃어버린 시간
나이 많은 내가 나이 어린 나를 만나죠
비로소 천국이 감은 눈을 떠요
이상한 나라의 봄이에요
다시 저편으로 가고 싶어요

– 윤진화

노출

더 감출 것 없다
더 할 말 없다

하늘을 헤엄치는 지금,

– 조향옥

견딤

휘청, 흔들리는 세상을 바로 세운 건

바위 아닌 작은 돌멩이에 불과하듯

너를 깨수고 부수는 견딤의 몫도

단단히 밴 가난도 찌그러진 세상도 그 무엇도

타고난 너대로의 한 세상을 거뜬히 메고 간다

- 손수남

화려한 외출

여기까지 왔어요

잘 될 거예요

바깥은 이미 봄이라는군요

자, 누를 일만 남았어요

- 김정희

고슴도치당

이쪽저쪽 몰려다니는 철새들아

불모지라도 내 구역은 내가 지킨다

-김민지

서정시학 시인선 목록

♣ 문학상 ▣ 세종도서 문학나눔 ◉ 문화체육관광부 우수교양도서